Von Herrn Pasturn sien Kauh

Ein paar hundert ausgewählte
alte und neue Strophen

von Herrn Pasturn
sien Kauh

Herausgegeben von Heike Müns
Illustrationen von Werner Schinko

HINSTORFF

Die Deutsche Bibliothek – CIP-Einheitsaufnahme

Ein paar hundert ausgewählte alte und neue Strophen von Herrn Pasturn sien Kauh / hrsg. von Heike Müns. Ill. von Werner Schinko.
– 2. Aufl.. – Rostock : Hinstorff, 2001
ISBN 3-356-00923-0

2. Auflage 2001
Druck und Bindung: Wiener Verlag Ges.m.b.H.
Printed in Austria
ISBN 3-356-00923-0

INHALT

Herausgeberin und Verlag danken den im Quellenverzeichnis genannten Gewährspersonen, den Archiven, der Universitätsbibliothek Rostock und allen anderen Institutionen für ihre Unterstützung.

WIE BEI UNS IN MECKLENBURG DAS LIED ‚VON HERRN PASTURN SIEN KAUH' GESUNGEN WIRD:

Ostern wier se dick un drall,
Pingsten leeg se dot in' Stall . . .

As se würd in Stücken snäden,
hett dat ganze Dörp wat krägen . . .

Un de olle Füerwehr
kriggt een Pott vull Wagensmeer . . .

Un de olle Dörpkapell
kriggt een nieges Trummelfell . . .

Un dat olle Kinnermäken
hett een Stück von 'n Titt afbäten . . .

Un de Köster Söbenlang
kriggt den Stiert as Glockenstrang . . .

Meckelborg hett ook nich slapen,
nimmt den Kopp as Landeswappen . . .

Un de Pastur Duwwelknopp
halt sick fix den Ossenkopp . . .

Un dat olle Kinnermäken
kriggt dat Stück, wo 't Kalw in säten . . .

Un de Pierdknecht Heiner Bull
kriggt een Stück von'n Stripp-Strapp-Strull . . .

Un de Jung von Snieder Behn
kriggt een niegen Backentähn . . .

Un de gnädig Fru von Bruhn
kriggt de vullen Kauhkaldun . . .

Un de olle Inglisch-Miss
kriggt een nieges Tähngebiß . . .

Un de Kauhknecht Heiner Kühl
kriggt een Stück von de Hinnerküül ...

Un de Fru von Köster Suhr
kriggt een niegen Pompadur ...

Schleswig-Holstein, meerumschlungen,
hannelt nu mit Ossentungen ...

Un Nachtwächter Vadder Suhrn
blast nu up een nieges Hurn ...

Un dat Leed is man ierst halw,
in den Stall steiht noch een Kalw ...

Un dat is dat allerbest,
de Kauh, dat is een Ossen wäst
von Herrn Pasturn sien Kauh!

(Aus Parchim)

I. WO DIE GESCHICHTE PASSIERT SEIN SOLL

Kennt ji all dat niege Leed,
wat de ganze Stadt all weet
von de Herrn Pastor sien Koh? *22*

Kinners, hebbt ji ook all hürt,
wat to Anklam is passiert
den Pastor siene Koh? *11*

Hürt die traurige Geschichte,
die ich jetzt juch will berichten
von Herrn Pasturn sien Kauh! *1*

Heut sing'n mer amol a neues Lied,
ein schönes Lied, a neues Lied,
vom Pfarrer seiner Kuah! *3*

Lat uns singen dat neie Leed,
dat in Büren is passeert
den Pastor sien Kauh! *8*

Lat uns sing'n dat nie Leed,
wat bi Mönster is passeert
den Herrn Pastorn sien Kauh! *3*

Ik singe uch dat nige Leid,
dat in keinem Bauke steiht ... *9*

Die Melodie steiht up de Dör,
de Osse sölwst brüllt se jo vör ... *3*

II. VOM UNERWARTET PLÖTZLICHEN ENDE DER KUH

Pastur, de wier hell inspireert,
wenn 't Volk he up de Kanzel lehrt ... *3*

Dat eine Oog was himmelblau,
dat annere was kattengrau ... *3*

Un se harr uck ve'e Titten,
de harr se unnern Buuk to sitten ... *5*

De Koh, de harr so lange Hœrn,
de gingen bet an de Sœbenstern ... *9*

Dat was wat aolls un allbekannt,
dat de Pastor hat den besten Schmand ... *9*

Dat Korn waßt doch an allerbest,
segg Schulte – na den fetten Meß ... *3*

Up eenmol was dat Dier nu krank,
de Gicht trock ehr in'n Rüggenstrang ... *3*

Pastor sien Koh kreeg de Biss' in d' Steert,
Pastor, de meen', nu geit't verkehrt ... *13*

Obends vorher, Klock halwig niejen
harr se de Kullerine kriejen ... *9*

De Knecht, de keek düor 't Schlüetellock,
dor kreeg he 'n Schlag met 'en Stiärt an en Kopp ... *7*

Karel keek dürt Slöttelgatt,
off de Koh näu Röwen fratt ... *8*

Un as de Deern se köhm tau melken,
von wieden hörde se all ehr Bölken ... *3*

Denn Marieken harr vergeten,
ehr dat Foder totometen ... *11*

De Koh, de led nu graute Pien,
de Kneipp'ske Kur waor de Med'zin ... *3*

Hansen gaff hoi Medezin
drei Löffel vull van Terpentin ... *3*

Aber hoi kun se nicht kuroiern,
stiaben musse trotz Salw un Schmeern ... *3*

De Dokter segg »Nu is se dot«,
as he seeg dat Punkerbrot ... *3*

Wihnachten stünd se noch so prall
as de annern Koi in'n Stall ... *3*

Ostern wier se dick un drall,
Pingsten leeg se dot in'n Stall ... *1*

In'n Stall, da tritt mit swatte Knöp
un'n swatten Rock een an de Röp ... *22*

He will sik nu nich mehr grämen,
will nu letzten Affscheed nehmen ... *22*

III. SCHLACHTEN UND BEKANNTMACHUNG

Dä Schlachter kam un trock sä aff,
doch erst do gaff er ehr 'n Schlag ... *3*

Se trocken't dat Dier nu up de Däle
un stödden 't Meß ehr in de Kähle ... *17*

Wat was dat für en Blotvergeiten,
man sach et düer de Goske fleiten ... *17*

Karel moß hen löchten gan
flitig är to Handen stahn ... *8*

Pastor un Juffer waoren fies,
se moggen nich dat daude Biest ... *3*

Ut Leigheit in 'n Pastor sien Hoot
gott Hännesken still 'n Pott vull Bloot ... *17*

Mijnheer pastoor at niet van't beest,
zij was hem steeds te lief geweest ... *9*

Se setten 't drüm in 't Zeitungsblatt,
well 't mag, krigg för 'n poor Pennig satt ... *3*

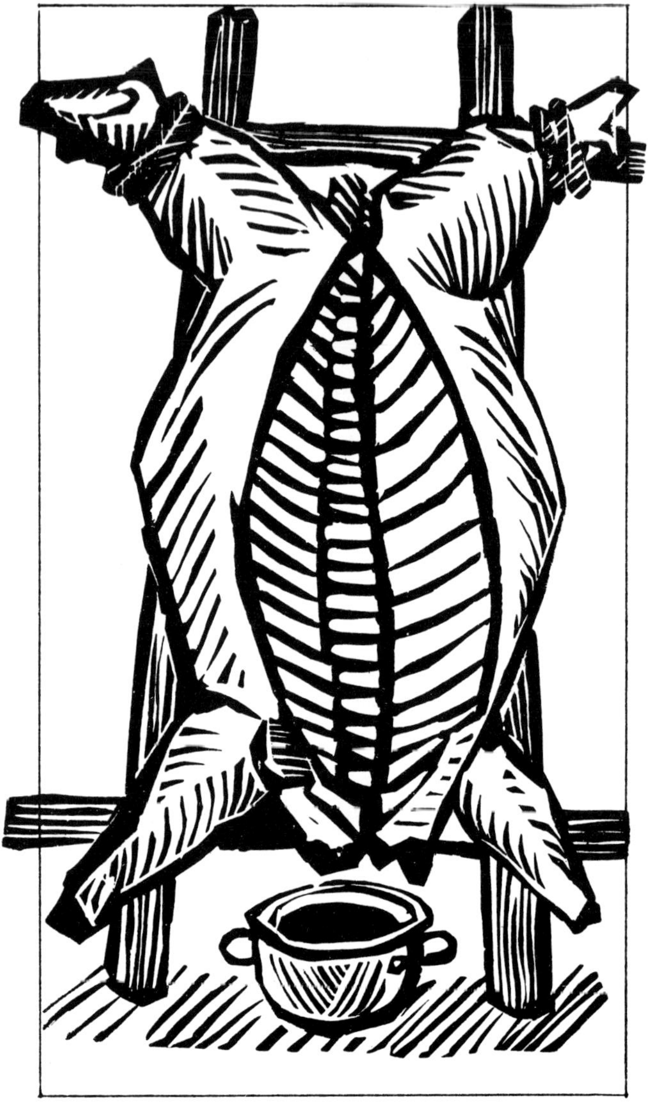

Se setten in 't Blatt: Von einem starken
Rindvieh Fleisch gibt's ohne Marken ... *3*

Un Bürgermeister Zickermann
dä roip dat ganze Durp täosamm ... *3*

En ass et dann na uitgeklingelt,
do kaim en Galopp olle anjepüngelt ... *3*

Os dat Durp dat kraig to wiäten,
heet dat: Donnerschlag, dat gifft en Friäten ... *3*

As sei würd in Stücken snäden,
hett dat ganze Dörp wat krägen ... *1*

Ollens makt sik up dä Hacken,
um sik en geaut Stück aftauhacken ... *3*

Op klompies kwammen ze en elopen,
om't vel van't beesie of te stroopen ... *9*

De Nahwer lecket sick dat Muul,
de Nahwesten sind ganz wie dull ... *9*

Lüd un Kinnings, kamt nu ran,
denn nu geiht dat Deilen an ... *1*

IV. IMMER NACH RANG UND WÜRDEN

Filet, dat leckerste tau'n Braoden,
dat köhm na 't Gaud för Ew. Gnaden ... *3*

Un de gnädig Frau von Bruhn
kriggt de vullen Kauhkaldun ... *b*

Un de Dörpschult Nägenklauk
kreeg een nieges Anschriewbauk ... *a*

Allens würd dor schön notiert,
grad so, as sick dat gehürt . . . *a*

Für den Schulten – wat hei lickt –
würd de Rückenbraden spickt . . . *14*

De Bauschulte har sich verschlaoken,
verkährt in'n Hals 'nen spitzen Knoken . . . *3*

För 'n Patron un de Juraten
würr dat Knickstück oewrig laten . . . *14*

Un de Burgvagt sien dree Görn
kreegen all een von de Hörn . . . *15*

Un den Schult sin Wäschemöhm
nehm dat anner Ingedöm . . . *14*

Bi den Buurn as Sünndagskost
gew dat Kohl mit Rinderbost . . . *14*

De Köster bi den Buer sick sett
un met em ut de Panne ätt . . . *9*

Un dei Dochter von den Bur
kreeg en nigen Pompadour *3*

Un de Grotknecht, Düsings Fritz,
kreeg 'n Hurn as Pipenspitz . . . *14*

En Kleinknächt un en Schäperjunge,
dei frohern ümsüss no de halwen Lunge . . . *3*

De Gehöftsarw Jochen Swart
deħt sick mit sin Brud dat Hart . . . *14*

Un den Bäudner sin Marik
smort 'n gadlich Rippenstück . . . *14*

Bi 'n Kossaten würrn de Gören
üm dem Lungwust sick vertüren ... *14*

Bi den annern Katenmann
haddens Buukfleisch in de Pann' ... *14*

Schepermeister Allbereit
kreeg de ganzen Ingeweid ... *9*

Un de Pierdknecht Heiner Bull
kriggt een Stück von'n Stripp-Strapp-Strull ... *b*

Szü mal szü, de Panner Jansen
leggt sik in de Päk den Pansen ... *14*

De Kuhhirt, de is vuller Zorn,
hei kreeg man bloß dat eine Horn ... *1*

Swinehirer Sagebiel
krei nen niegen Tabaksbüdel ... *1*

Un de Swiensdirn von den Kaben
kreg as Brosch ein von de Klaben ... *14*

De Melkemäken stredden sek
wol um dat betten Plückefett ... *6*

Un de olle Schmidtgesell
kreg en niges Schörtenfell . . . *3*

Un den Smied sien olle Mudder
kreeg 't Gekröes as Sünndagsfudder . . . *9*

Un de Fischer, ok nich oewel
kreg de Haut tau Waterstäwel . . . *14*

Un hei sülwst, de Watermöller
kellt sik Gulasch up den Töller . . . *14*

De Holtentüffelmaker beed,
dat man em 'n Stück van'n Seemer sneed . . . *9*

Uns Nachtewächter Hagedurn
kreg 'n niges Tutehorn . . . *1*

Den Kröger keem de Gall jüß rech,
de Bittern smeckt darvon ni slech . . . *15*

Un dei groote Dörpkapell
kreeg 'n nieges Trummelfell . . . *1*

Dörpmusikant kreeg füör den Baß
ick gleiw, dat et de Quinte waß . . . *17*

De Blose kreig de Kommis Trappe,
hei makede driut ne Schüttenkappe . . . *9*

Ok de Höker harr wat roken,
kreeg een vun de Kinnsbacksknoken . . . *9*

De Armen säen: 't is Tid van't Gan,
da kon'n se sick üm de Knaken slahn . . . *8*

Satt Fleesk gaff et un ohne Geld,
alles wüe ümsüs verdelt . . . *11*

V. JEDEM TIERCHEN SEIN PLAISIRCHEN

De Rühe, de leip wall öwwer de Heie
un hadde dat ganze Ingeweie ... *21*

Un de Hofhund Wassermann
maakt sick an den Knaken ran ... *3*

Un de graute Kettenhund
kreeg en Stück met fiftehn Pund ... *9*

De Katte kleide üöwer'n Hagen,
se hadde 't ganze Hiärt in'n Magen ... *3*

Fru Pastorn ehre Muschikatt
harr wohl veerteihn Dag noch wat ... *9*

Dat rechte Og, dat hew 'ck vergeten,
ick glöw, dat hebben de Swin upfreten ... *11*

Dat linke Og von 'ne Preisterkauh,
dat kreeg – ick weit 't nich mihr genau ... *1*

Dat anner Uhr wir nich tau seihn,
dat halten sick dei Grevsmoelschen Kreihn ... *1*

De Kreih, de satt up de Heeg un jappt,
harr wat vant Geslüns upsnappt ... *13*

Süh, wat hüppt doer öwwer 'n Tuun?
En lütt Vugel met Kaldun ... *9*

Ne olle Ratte fünn tolest
up de Meskuhl nao den Rest ... *11*

De Hahne leip, as wöer he'n kräd,
in dem Muul, do dreeg he 'n Stäät ... *9*

Un de Häuhner achtern Tuun
reten sck üm de Kaldun ... *1*

Do fällt 'n Stück in Honerwessels Gatt,
Hopp'nherms Mops kreeg ook noch wat ... *8*

Kater satt up 'en Grabensteen,
harre dat ganze Achterbeen ... *19*

De Sieje woerd sofortens krank,
verfonk sik an den suuren Drank ... *17*

Ne Fleige hätt viel Unheil stiftet
met ehren Stich, de was vergiftet ... *3*

VI. UNTER UNS PASTORENTÖCHTERN

Doch de Herr Pastor, o jeh,
behöil für sick dat ganze Filet ... *9*

De Koh, de hat so 'n langen Swanz,
dat wöer Pastor sien Rosenkranz ... *9*

Un de Pastur Duwwelknopp
halt sick fix den Ossenkopp ... *b*

Un de Fru von Köster Suhr
kriggt een niegen Pompadour ... *b*

Pastors Knecht dull freut sick hett,
kreg' dat ganze Plückefett ... *1*

Kösters äten früh und spat
nix as Ossenmiulsalat ... *9*

Unne Piep für sine Oergel
maakt de Kantor ut de Görgel ... *14*

Un de Köster Dümelang
kreg den Steert as Klockenstrang ... *1*

Mit ehre Ohren lang un grot
schlög de Kaplaon de Fleigen dot . . . *3*

De Köster was en groben Kerl,
hei fratt dat ganze Achterveel . . . *9*

Un de Kaplaon Lickefett
de nähm noch gern en Stücksken met . . . *9*

Un de Köster dick un eitel
kriggt 'n schönsten Tabaksbeutel . . . *1*

Un de Köster sehr gelehrt
kreeg so 'n langes Stück von 'n Steert . . . *15*

De oll ihrlich Klockentürrer
mit de Hessen awfunn' würr he . . . *14*

Sin Kolleg, de Bälgentreder
üm 'n bäten Mark blot bäd he . . . *14*

Un de junge Stadtkaplan
kriegt en neue Backenzahn . . . *20*

Un van 'n Kloster de Verbidder
schicken se dat schöne Jidder . . . *9*

Heil dat Mul mitsamt de Snut
bed de Herr Kannedat sick ut . . . *14*

De Vikarius was vergnäugt und schweeg
as he de Plundermelke kreeg . . . *17*

As Hilligdum ut oller Tied
worde man de Butter quitt . . . *17*

De lutterske Pastor kamm wahn int Sweten:
wie kann man solchen Kram anbeten . . . *17*

VII. AUCH IN DER STADT GEHT NIEMAND LEER AUS

Den kloken Stadtraoth buod man an
de Kiedde met de Klocke dran . . . *3*

Dei Rektor, (de) wär old und stiw
haold dei Kusen för sien Wiw . . . *3*

Up Magisters Namensdag
knallten de Jungs de Blosen af . . . *9*

Studenten stannen gar nich üewel
ut 't Liäder de Kanonenstiewel . . . *3*

Un de ollen Simnaristen
alle davon fräten müsten . . . *5*

De Schaulmeister, de schlang so stark,
hei fratt dat ganze Rindermark . . . *9*

De Meister geiht im langen Rock
un winkt met sienen dicken Stock . . . *9*

Un unser junger Unnerlehrer
der kriegt e neues Hoseleder . . . *19*

Sanitätsrat dachde hen un hiär
woran dat Dier wull stuorwen wäör . . . *3*

Un sin leiwe Husfru Lott
strek den Talg in 'n Seipenpott . . . *14*

De gnäödige Frau mok gärn Paraode,
se streek in 't Haor de Markpomade . . . *17*

Annmarie, dei Huusmadam,
greep na 't beste Stück von de Scham . . . *9*

Wie se ward in Stücken sneen,
kreeg de ole Köksch dat Ween'n . . . *3*

De Köcksche sitt in'n Kellerlock
un flickt sick ehren Unnerrock . . . *9*

Un dei Deinstmagd Emma Smitt
kreig dat ganze Biesewiesewitt . . . *1*

Un dei Deinstmagd Frida Keuke
krigt de Mul- und Klauenseuke . . . *1*

Un dat olle Kinnermäten
kreg dat Stück, wo 't Kalf in säten . . . *b*

De oll Koopmann Hinnerk Knaaw
kreg ne grote Achterklaaw . . . *1*

De Slachter, de weer musenstill
un haut sick rünner, wat he will . . . *15*

Un dat dicke Slachterwief
de krigt een neet Unnerliew . . . *10*

Un de olle Slachterbengel
kreg dat ganze Darmgeslängel . . . *14*

Dä Schauster mät dä Stiewelpinnen
lot sik dat ganze Bläot afrinnen . . . *3*

De Schosterjungs dei 't hiärtlich leed,
dat ut dat Fell man Reimens schneet . . . *17*

Ok de Bäcker künn nich klagen,
kreeg dat »Brook«, den Blädermagen . . . *14*

Bi den Weerth leeg in de Bunge
lange Tied de dicke Tunge . . . *17*

Ganz truurig waor de Hotelier,
denn weg wass all dat fien Filet . . . *3*

Un de Förster, Krischan Bung',
hüng sik in den Rook de Tung' . . . *14*

De splienig Maler Seidelbast
kreeg 'n niegen Malerquast . . . *d*

Heil was Schön's kreg Snieder Schier
Appelbackbeern tau de Nier . . . *14*

Un dei olle Sniederdirn
kreeg den Kopp as Neihmaschin . . . *e*

Un de dicke Nähkatrin
kreig Fett vör de Nähmaschin . . . *5*

De Schosteenfeger noch so swart,
de kreeg de Lewer un dat Hart . . . *15*

De Blas, de kreeg de Kapselschreiber,
he sä, ein Büffstück wär mi leiwer . . . *18*

Un de Hebamm Klinkefoot
kreeg 'n ganzen Pott vull Bloot . . . *9*

Un de Vörstand Wollgeraden
kriggt 'n schönen Festdagsbraden . . . *1*

De Vörstand in 'n Frauenverein,
de ward üm en Filetstück handgemein ... *3*

Und der neue Gesangsverein
kriegt 'n Topp voll Gänseklein ... *3*

Un de olle Turnerschaft
kreg een Pott voll Muskelkraft ... *e*

Den Schüttenkönig hank man an
de Kie met der Klocken dran ... *9*

De Milt', man konn der nix met dohn,
man braoch se nao de Versuchsstation ... *3*

Mit de Kusen smeerde man
den Ollderdomsvereen noch an ... *17*

Un de olle Droschkenkutscher
kreeg en Titt as Gummilutscher ... *9*

De Orgeldreiher singt sien Leid:
nicks geit vör de Gemütlichkeit ... *9*

VIII. GUTEN APPETIT

Neijaor wör se mausedot
van dat Blaud gew 't Wustebrot . . . *3*

Wat de Buur nich kennt, dat läött he staohn,
so hätt 't de Knufflaufwüörste gaohn . . . *17*

De Bäcker wull Wuorstbrödkes backen,
he deih von 'n Stiärt sik Endkes hacken . . . *3*

Pastor drunk gärne reinen Wien,
sagg, Mälk draff auk nich taufet sien . . . *3*

Kiek den Kräuger, den Bedreiger,
heil väl Fleisch to Beiffsteak kreig he . . . *14*

Dei Trichinen wöhrn gaut geraohren,
daorvan gew et Schurrebraohn . . . *3*

Ein lütt Kind am Ronestein sitt,
lutscht up'n allergröttsten Titt . . . *2*

De Maged kokt den leckern Speck,
frett sülwst den besten Happen weg . . . *9*

Un de Deinstmagd Emma Schuppe
koket sik ne Oxtêlsuppe . . . *6*

De Köchin hät 'n Leppel schon,
sei kokt sick frische Bullijon . . . *9*

De Fru Lihrer Häberlein
kaakt dat Fleisch sick suer ein . . . *1*

De Fru Kanter Haberbülte
kaakt sick eine Sünndagssülte . . . *1*

Kantor hört mit Lüen up,
kriegt den groten Kopp in 'n Pott . . . *6*

O wat schmecken Settken söte
met Schalee de schmoorden Föte . . . *17*

Uck up 'n Markt wüß man et gaut,
de Botter was so säut as Naot ... *3*

In de Häusdör stäg all in de Näse
de leckern Duft von 'nen Schweizer Käse ... *3*

De Jungs wüssen auk äs 'n Bok,
dat de Handkais an'n besten smok ... *3*

Antjemö kreeg ok wat Warms,
hool sück 'n ganze Schaal vull Darms ... *13*

De Möers in 't Kindbett luoreden sehr
dat stiewge Kärnemiälkswarmbeer ... *3*

Mudder, wat smeckt dei Supp so nett,
Jung, dat kümmt von 't Nierenfett ... *1*

Nahwers Kinder ham 's verraden:
Sünndag gifft dat Swinebraden ... *3*

Moder, mi deit de Buuk so weh –
dat kummt gewiss van Hirnhachee ... *3*

Höne (Hörner) harr se uck noch twee,
dauvon kaukt Mutter Isgelee ... *5*

Un dat olle Kinnermäken
hett een Stück von 'n Titt afbäten ... *b*

Wat allens in de Wurst rinschicht
weit sülben unse Herrgott nich ... *14*

Soll de Kaul in de Höchte scheiten,
most diu en met Aal begeiten ... *9*

De Pastur, nich tau vergeten,
kreg von 'n Awfall noch Pasteten ... *14*

IX. DIE KUH VON A–Z BETRACHTET

Un dei Herr von Itzenplitz
kreg den ganzen *A*chterschlitz . . . *5*

Un de Büll taun *A*ngedenken
let dat anne Hurn sick schenken . . . *14*

In 't Armenhus 'ne stiewe Tant',
kreeg den Stiät to'n *B*ärreband . . . *9*

De Ollske har mit de Gicht wat Last,
kreg ne niege *B*eddvörlage . . . *1*

Un mien Tante Wedelage
kreg ne niege *B*eddvörlage . . . *1*

Un de olle Dörpschaullihrer
kreg 'n Hauf as *B*reifbeschwerer . . . *1*

De Grotknecht, de hett ook mit freten,
hett naher de *B*üx terreten . . . *9*

Von der Warnow bis zur Spree
singt man nun im hohen ›*C*‹ . . . *f*

De Köster was unosel froh,
he brükt de Klaon as *D*ämphörn so . . . *3*

Und das Fräulein Liebereich
kriegt ein neues *E*uterzeug . . . *3*

Un dat lütte Kinnermädel
kreg den Swanz tom *F*legenwedel . . . *3*

Un de lange Kösterbengel
kreg den Swanz as *G*lockenswengel . . . *1*

Un sin Wiw, dat stünd an dei Linen,
drögde den Panz tau schöne *G*ardinen ... *3*

Un dei Kanter Jakob Dill
kriegt en nijes *G*lockenspill ... *9*

Un de olle Wilhelm Kröger
kreig en nig Poor *H*osenträger ... *5*

Dat fine Fräulein Frieda Lang
dreggt as *H*autbesatz den Swanz ... *1*

Nach den leckern *I*nnereien
hört man einen Esel schreien ... *f*

Um zu holen etwas *J*auche
liegt der Gärtner auf dem Bauche ... *f*

Man stoppt de Hoore von dat Veh
as Pärehoor in 't *K*anapee ... *3*

In den Rönnstein spöl'n de Lütten
spöl'n *K*ugeln mit de Titten ... *7*

Und drei dünne Leineweber
teilten sich die dicke *L*eber ... *f*

De gnäödige Frau mok gärn Paraode,
se strek in't Haor de *M*arkpomade ... *3*

De Bandworm, de in'n Liev hett seeten,
nehm de Snider sick ton *M*eeten ... *15*

Un de Wächter up 'n Toern,
de krigt een neet *N*ebelhorn ... *10*

Bälgenpedder Babenbecker
kreg 'n nigen *O*ewertrecker ... *1*

Un de Dochder von den Buern
kreg tau't *P*elzbarett de Uhren ... *14*

Un de Grotknecht, Düsings Fritz,
kreeg 'n Hurn as *P*ipenspitz ... *14*

Bernhard dee sik ook nich härmen,
makte *P*ietschen ut de Därmen ... *17*

Holt, schreg Fiken, büst du mall,
lat tau *P*lackseip trügg de Gall ... *14*

Un Trin Durik, de wull frigen,
sülln in'n *P*oehl de Krullhor kriegen ... *14*

Ihr Bräutigam guckt hin und her,
ob nicht ein *Q*uentchen übrig wär ... *f*

Lechtjuffer soch se all bi'n eene
to'n *R*ausenkranz de Gallensteene ... *17*

De Kasper halt dat Fell sik gau
dat gifft für müi en Gretchen *S*chau ... *9*

Müllers Jehann, de Smittgesell,
kreeg en niget *S*chortenfell ... *18*

De Schooster kwamm un hool de Huut,
maak' sück der gliek 'n Poor *S*teefels ut ... *13*

Un de Deinstdierns, kiek de Hexen,
nehmen tau *S*trumpbänn all de Flexen ... *14*

Unse leiwe Stadtkapell
kreg 'n niges *T*rummelfell ... *1*

Un de Wächter Hawekuurn
kreg' ein niges *T*utehurn ... *1*

Un mien olle Schwiegermutter
kreeg een nieges *U*nnerfutter   *7*

Der Schlachter träumt sich gar in Rage
nächtens noch von der *V*isage . . .   *f*

Un de Fischer, ok nich oewel,
kreg de Haut tau *W*aterstäwel . . .   *14*

Un de olle Gastwirt Wild
kreg 'n niges *W*irtshusschild . . .   *14*

Auf Knochen spielen morgens schon
die Kinder so gern *X*ylophon . . .   *f*

Gibt's nichts mehr für das *Y*psilon,
es sänge auch so gern davon – . . .   *f*

Alles, was gesungen hier,
gereicht zu allerhöchster *Z*ier . . .   *f*

X. DIE KUH MACHT GESCHICHTE

Schleswig-Holstein meerumschlungen
hannelt nu mit Ossentungen . . . *1*

Mäckelborg hett ok nich slapen,
kreg den Kopp in 't Landeswappen . . . *g*

In der Schlacht bei Abukir
trank Napoleon Lagerbier . . . *18*

In der Schlacht bei Austerlitz
kam Napoleon angeflitzt . . . *h*

In der Schlacht bei Austerlitz
hat's gedonnert und geblitzt . . . *6*

In der Schlacht bei Nettelbeck
fiel Napoleon in den Dreck . . . *20*

Blücher füng bi Waterloo
ok in sienen Hemd 'nen Floh . . . *14*

In der Schlacht bei ›Bellaljance‹
hat Napoleon eine Wanze . . . *h*

In der Schlacht bei Sedan
hat Napoleon Stäwel an . . . *1*

Napoleon ist jetzt nicht mehr stolz,
er handelt jetzt mit Schwefelholz . . . *10*

In der Schlacht von Königgrätz
slog man sick met eenen Stäts . . . *3*

In der Schlacht bei Marathon
gew dat so'nen dumpen Ton . . . *14*

In der Schlacht bei Salamis
kregen s' all 'nen groten Schmiß . . . *14*

In der Schlacht bei Salamis
kregen all de Perser Schiß . . . *3*

Pastor was schuld an sienen Dot,
ganz Holland kähm in grote Not . . . *3*

Un dat ganze dütsche Reich
kreg de Mul- und Klauenseuch . . . *3*

XI. SO EIN SCHIET

De Pastaur woll tau ieten gohn,
dao is hei in 'nen Kauhdreck slon . . . *9*

Fiken tritt mit ehren Hacken
in en groten Dunnerkacken . . . *6*

Peter wollte Blumen suchen,
trat dabei in einen Kuchen . . . *i*

Dorüm lat uns lopen, lopen,
denn dor liggt 'n groten Hopen . . . *14*

In'n Museum von Vegesack
bewohrt man noch den letzten Klack . . . *10*

Un dei olle Opapa
kreg 'ne Piep vull Kau-A-a . . . *e*

Un uns nije Füerwehr
kreg 'n Pott vull Wagensmeer . . . *14*

Mariechen wull toon Melken gahn,
da is sei in den Meß hen schlohn . . . *3*

Un de olle Ortspolizist
kreeg de letzte Karr vull Mist . . . *9*

Un de olle Landgendarm
kreeg 'n vollen Achterdarm . . . *1*

Un de Scheper schitt in 't Bett,
»Dirn, holt Mul, dat kümmt von 't Fett . . .« *2*

De Guvinante smuck un slank
de kreeg den leßten Stohlgang . . . *9*

Un as de Slachterie verbie,
do han 'se noch lange de Küerie ... *12*

Auf dem Weg nach Ampen, Ampen,
sah man einen Kohdreck dampen ... *9*

Dorüm lat uns bäden, bäden,
dat wi nich wat Weikes pedden ... *14*

XII. HEILMITTEL

Unser Oberlehrer Hammer
kreeg de rechte Herzenskammer ... *9*

En blinden Mann kon faots wier seih'n,
dat Auge se em insetten deihn ... *3*

Un de blinne Schuster Ohm
kreeg de groten Glotzog'n ... *3*

Un de fiene English-Miss
kreeg een nieges Tähngebiß ... *a*

De hinken Snieder mit de Krück
kreeg en fettes Rippenstück ... *15*

De Breifdräger, ganz hackenlamm,
sich Ungel intoschmären namm ... *5*

Un de Wittfru mit ehr Lütten
kreg dat Ueder mit de Titten ... *14*

Un de Jung von Snieder Behn
kriggt een niegen Backentähn ... *b*

Brägen

Und das Fräulein Marinell
bekommt ein neues Zahngestell ... *3*

Un de schewe Schosterjung
kneep ut met Lewwer un Lung' ... *9*

Den Blinddarm namm de Tierarzt weg
un mök doervon sick Salbendreck ... *9*

De Brägen, wo de Verstand in seten,
kreg een dummen Kerl to freten ... *15*

Apteiker mök sik Salmiak
ut 't Water von den Blasensack ... *3*

De Dokter deih trotz Drühn un Schimpen
de Burenblagen alle impen ... *14*

De Wittfru in dem schwarzen Rock,
die kriegt 'nen neuen Eierstock ... *j*

Und die Oma Lindenstein
kreeg 'n niegen Blasenstein ... *s*

XIII. NICHTS DARF ÜBRIG BLEIBEN

De Magd, de harr kein rein 't Geweten,
se harr de Koh den Titt afbeten ... *10*

Keem sonne junge dralle Deerne,
kreeg de halwe Bostekeerne ... *17*

Hebben wull süss nix de Scheper,
quanzwis' üm de Kusen bed he ... *14*

De Köster leip de Mur entlang,
de hadd den ganzen Rüggenstrang ... *9*

Un de Kauhhirt – disse Filz,
günnt den Baden nich de Milz . . . *14*

Un dei lütte düchtig Lihrer
kreg dat grote fette Ürer . . . *1*

Un dei flotte Edeltraut
kreeg 'ne niege Jungfernhaut . . . *c*

Un twei Wiwer, fett un ful
slögen sick den Stiert üm 't Muul . . . *14*

De Schulte fratt am allermehrsten,
de Buuk, de wull em baolle biärsten . . . *3*

Un de olle Jakob Bäcker
kreeg de Niern, wiel he so lecker . . . *22*

Vadder, wat is denn dat för'n Ding?
Jung, dat is de Nasenring . . . *9*

Un den schönen fette Brägen
hett de Doktor gäwen kregen ... *14*

As ganz wat Rars ut de ole Tid
wurr man na de Knaken quitt ... *17*

Jöching Sleef, de Train-Suldat,
kreg 'n Pott vull Mulsalat ... *14*

Meister Gleunig wier tau Enn,
hei müst jo nu de Schau verbrenn'n ... *k*

Wingeland, de Dörpmuskant,
kreg en Stück von de Achterkant ... *3*

De Klaonen satten nich mehr dran,
de hadd de Klaonenkasper an ... *17*

XIV. NACHRUF

Schall ick nu no wide singe,
möt ji mi ein Beefstick bringe ... *3*

Rut is de Köh, leer is de Stall,
ja, in ne Stadt, dor rokt de Schosteens all ... *3*

Un de Pastor, de wör grimmi,
haut op'n Disch un sä: Verdimmig!
Ik bün de Herr von de Koh ... *22*

Wat is dat hier? Leer de Stall?
In't Dörp, dor rookt de Schosteens all! ... *22*

Versiekert waor se füörn Luisdor,
un den kriegt de Här Pastoor ... *3*

Pastoor, de starw ut lutter Graom,
he kürde (sprach) noch bi'n letzten Aohm ... *17*

As de Kauh nu würd begrawen,
is de Seel gen Himmel fahren ... *1*

De Seel, de flog na'n Heben rin,
dat Achterdeel müßt buten bliwn . . . *4*

De Lährin follde beide Hände:
Wie schrecklich ist doch dieses Ende! . . . *3.*

To'm Himmel rupp rök de Geschicht',
un bröcht de Engel ut de Richt' . . . *3*

Halleluja könn se nu nich mihr,
se singen dat nije Leed daför . . . *3*

In'n Himmel würd 't 'n groot Radau,
dor danzt de Paster mit sien Kauh . . . *1*

Sankt Petrus un de Engelein,
de singet jetzt alle graut un klein . . . *9*

Up de grote Weserbrück
dar funn man denn dat letzte Stück . . . *10*

Ach nee, de Freud is man ierst halw,
in unsen Stall steiht noch 'n Kalw . . . *1*

Un dat will ick ju man verraden:
up Pingsten giwwt dat Kalwerbraden . . . *1*

As de Magister nix mehr wuß,
sünk he noch Triala zum Schluß . . . *1*

Erna, de oll garrig Deern,
Süng' an'n Abend gor to giern . . . *L*

Fieken, de oll verwöhnte Popp,
red' süss immer in'n Galopp . . . *L*

To End is nu dat schöne Leid,
wiel ick keinen Vers mihr weit . . . *1*

Un de dat Leed ni siŋgen kann,
de fang dat nu to fleiten an . . . *15*

Mi dücht 't, ick kreg ok noch 'n beten,
oewer dor hett 'ne Uhl bi seten . . . *f*

Bün ick ihrst 'n groten König,
wünsch ick mi nich tau wenig . . . *14*

As nu keem de Schinnerkor
wiern blot noch de Flanken dor . . . *14*

Ook ick rohre eine Trän',
hätt se gar to giern noch sehn . . . *f*

Un nu kümmt dat Allerbest:
de Kauh, dat is 'n Ossen west . . . *1*

Und zu Ehren die Geschichten,
der Geschichten, das Geschichten,
will ein Denkmal man errichten,
den Pasturn sien Kauh! *2*

XV. AKTUALISIERENDE WEITERBILDUNGEN DES LIEDES ›VON HERRN PASTURN SIEN KAUH‹

I Von Hiring, Aal und Kabeljau

Kennt ji all dat niege Leed,
niege Leed, niege Leed,
dat bi uns all jeder weet,
bi uns in Meckelborg.
He, sing man tau, sing man tau
von Hiring, Aal und Kabeljau,
sing man tau, sing man tau
von Aal und Kabeljau!

De Badegäst nach Ahlbeck führn,
se wölln den Aal mal kennenliern,
bi uns in Meckelborg.
He, sing man tau ...

De Fischer hemm de Netz utsmetten,
de Republik kricht wat to fretten
von uns in Meckelborg.
He, sing man tau ...

Doch Aal, den givt bloß ünnern Disch,
dat is nu mal en Wanderfisch
nich bloß in Meckelborg.
He, sing man tau ...

Dafür bütt sick de Hiring an,
weil man Salat ut maken kann
bi uns in Meckelborg.
He, sing man tau . . .

De Fischer maken glick up See
ut Kabeljau dat Fischfilet
bi uns in Meckelborg.
He, sing man tau . . .

Un hewt ji denn mal Fisch tohus,
denn denkt doran, dat wier 'n Gruß
von uns ut Meckelborg.
He, sing man tau . . .

Doch dat Lied is nu toend,
weil sonst de Fisch in'n Pott anbrennt
bi uns in Meckelborg.
He, sing man tau . . .

Aus einem Arbeiterfestspielprogramm 1974

Weil Planerfüllung manchmal schwer
nimmt die Molkerei sich 's Euter her
von Herrn Pasturn sien Kauh.
Hei sing man tau . . .

Das Hotel Schwerin im Interglanz
kocht den berühmten Ochsenschwanz
von Herrn Pasturn sien Kauh.
Hei, sing man tau . . .

Das ›Neue Deutschland‹, das ist klar,
bringt dazu einen Kommentar
von Herrn Pasturn sien Kauh.
Hei, sing man tau . . .

Das Fernsehn kommt erst nächste Woch'
und sieht nur noch das Hinterloch
von Herrn Pasturn sien Kauh.
Hei, sing man tau . . .

Das linke Auge, wie ich seh,
das holt sich grade die VP
von Herrn Pasturn sien Kauh.
Hei, sing man tau . . .

Autor: Genossenschaftsbauer Helmut Kurzmann aus Leezen

NACHWORT

»Un zu Ehren der Geschichten
will ein Denkmal man errichten
den Pasturn sien Kauh«

Diese Strophe mit dem vielversprechenden Inhalt, daß der Kuh ein Denkmal in Aussicht stehe, wurde im Jahre 1929 dem mecklenburgischen Volkskundler Richard Wossidlo (1859–1939) aus Rostock mitgeteilt.[1] Auf eine solche Ehrung mußte die Kuh zwar noch ein halbes Jahrhundert warten, inzwischen aber ist es vollbracht: Am 7. Oktober 1979 weihte man – allerdings nicht in Rostock, sondern in der alten mecklenburgischen Landeshauptstadt Schwerin – auf dem Schlachtermarkt einen bronzenen Reliefbrunnen ein. Aus seiner Mitte ragt eine Säule auf, die als Krönung einen Ochsen trägt und damit den Beweis liefert, daß die Kuh tatsächlich »'n Ossen west is«. Neugierig schaut seitdem »Herrn Pasturn sien Kauh« auf das rege Treiben zu ihren Füßen, wo ein fröhliches Schlachtfest gefeiert wird. Da treffen wir den an den Beffchen kenntlichen lutherischen Pastor wieder und den Bürgermeister, der rein zufällig dem Schweriner Stadtoberhaupt von 1979 wie aus dem Gesicht geschnitten scheint, die düchtig Dörpkapell, die Englisch-Miss, den Köster Dümelang, den Trainsoldaten und andere im Gedächtnis unseres Volkes bewahrte Personen des noch immer beliebten Scherzliedes.

Uns interessierte, wie Stefan Horota, ein in Berlin lebender Künstler, auf die Idee gekommen war, gerade »Herrn Pasturn sien Kauh« durch eine Plastik unsterblich zu machen. Seine Überlegungen wirken überzeugend: Als ehemalige Landeshauptstadt und großherzogliche Residenz Mecklenburgs hat Schwerin viele Kunstschätze aufzuweisen. Auf Schritt und Tritt begegnen dem Besucher Symbole vergangener höfischer Macht: das Schloß, Skulpturen, Säulen, Löwen, Reiterstatuen. Stefan Horota fand aber die Kultur des arbeitenden Volkes im Stadtbild zuwenig repräsentiert. So hob er die Titelfigur eines der bekanntesten Volkslieder in Mecklenburg auf die »Siegessäule«. Der Ochse schien ihm charakteristisch für manche Züge der Landbevölkerung des alten Mecklenburg: ausgebeutet und oft gedemütigt, dennoch von starker Arbeitskraft, zurückhaltend, gutmütig.

So besitzen die Mecklenburger den Ochsen nun auch als Brunnenfigur, nachdem er bzw. sein nächster Verwandter jahrhundertelang schon als Wappentier Mecklenburgs gedient hat und noch heute die Wappen vieler Städte (Dargun, Grevesmühlen, Güstrow,

Lübz, Ludwigslust, Neustrelitz, Parchim, Sternberg, Waren, Wismar) ziert. Mit unserem Lied hat der Stier oder Büffel mit der ausschlagenden Zunge und dem Halsfell aber nicht direkt zu tun – trotz jener beziehungsvollen Strophe vom »Landeswappen«. Das Lied ist wesentlich jünger. Mündlich kennt man einige Strophen etwa seit der Mitte des 19. Jahrhunderts[2], als »Fliegendes Blatt« gedruckt findet es ab 1870[3] lebhaften Absatz auf den Märkten. Die Strophe »Schleswig-Holstein meerumschlungen hannelt nu mit Ossentungen« beispielsweise kann erst um 1850 dazugekommen sein, da sie eine Zeile des 1844 entstandenen Schleswig-Holstein-Liedes zitiert, das übrigens während des ganzen 19. Jahrhunderts zum Standardrepertoire vieler bürgerlicher Gesangsvereine und studentischer Verbindungen gehörte und besonders 1848/49 Aktualität erlangte.[4]

Die Herkunft des Liedes ist umstritten. Das Fenster im Relief des Horota'schen Brunnens mag daran erinnern, daß Mecklenburg nicht ausschließlich Ansprüche auf das Lied geltend machen kann, daß es vielmehr andernorts ebenfalls gern gesungen worden und wohl auch entstanden ist. In der 1874 erschienenen Lebensgeschichte des Münsterschen Pfahlbürgers Frans Essink[5] singt dieser das Lied mit etlichen Strophen Studenten vor: »Mit ditt Leed harr Frans würklich Glück. De Studenten harrn ern wahren Spaß dran un wulln jümmer mehr hörn. Frans weer dat en Lichs, denn wenn he an eenen Deel dach, wuß he ook glik, wat se mit den Deel makt harrn un wa dat Rimsel heeten dee«.[6] Der Autor des hier zitierten Buches, Frans Giese, bekennt im Vorwort der dritten Auflage, daß ein Teil des Werkes nicht von ihm, sondern von seinem Freund, Hermann Landois, stamme. Dieser wird in den folgenden Auflagen dann auch als Mitautor angegeben. Interessant für unsere Liedgeschichte ist nun, daß in den ersten Auflagen des Frans Essink weit weniger Strophen »Von Herrn Pasturn sien Kauh« abgedruckt sind und diese dann in der fünften Auflage von 31 auf 71 Strophen erweitert werden. So darf man wohl annehmen, daß Landois, der in diesem Roman auch für ein anderes Lied als Verfasser angegeben wird, eine Vielzahl von Strophen zu unserem Lied zu verdanken ist, selbst wenn die Idee nicht von ihm sein sollte. Von der Ausbildung und dem Berufsweg her scheint Landois (1835–1905) zudem für eine milieugerechte und phantasievolle Gestaltung der dem Lied zugrunde liegenden Motive prädestiniert. Er hatte katholische Theologie studiert, 1858 sogar die Priesterweihe erhalten, dann aber ein Zoologiestudium aufgenommen und nach seiner Promotion in Greifswald seit 1873 als angesehener Professor für Zoologie an der Universität zu Münster gewirkt. Sein Interesse für die Mundart soll er mehrfach in Aufführungen der ›Zoologischen Abendgesellschaft‹ unter Beweis gestellt haben. Auf diesen Gesellschaften mag von den Teilnehmern manche Strophe zu »Herrn Pasturn sien Kauh« hinzugedichtet worden sein.

Seit Ende des 19. Jahrhunderts erfuhr unser Lied eine rasche Verbreitung. Sogar aus Süddeutschland und der Schweiz sind Strophen nachweisbar. Hier sang man vom »Unerlehrer«, der »e neues Hoseleder«[7] erhält, dort vom Seppl, dem kleinen »Hinkelche«, das »e neue(s) Freßdippche«[8] bekommt.

Die geographisch ausgedehnte Verbreitung des Liedes kommt nicht von ungefähr. Durch seinen leicht zu verallgemeinernden Inhalt, schlichten Strophenbau und die eingängigen Melodien war es geeignet, überall auf die Eigenart der betreffenden Gegend einzugehen und sich dem jeweiligen Dialekt anzupassen. So beklagen beispielsweise in einer Fassung aus dem protestantischen Norden ein lutherischer Pastor und sein Küster, in einer anderen im katholischen Süden der Herr Pfarrer oder der Herr Kaplan den Verlust des wertvollen Tieres. Immer mißt in den Ausgangsstrophen der Besitzer seiner Kuh hohen Wert bei – eine traditionelle ländliche Einstellung, die sich überspitzt auch im Sprichwort widerspiegeln kann: »Ach Gott, wat büst du för'n Gott, nimmst mi dei Kauh un lettst mi dat Wif«,[9] heißt es bezeichnenderweise in einem scherzhaften Stoßseufzer aus Mecklenburg. Es wird sich wohl nicht mehr feststellen lassen, ob ein realer Vorfall oder ein fiktives Ereignis der Liedidee zugrunde gelegen hat. Inzwischen streiten sich mehrere Orte um die Ehre, zum Ausgangspunkt des Liedes geworden zu sein. Besonders hartnäckig verteidigt Emsbüren bei Lingen, im Hannoverschen, diesen Ruf. Dort soll in den Jahren um 1850 folgendes vorgefallen sein:

»Der Pastor hatte eine Kuh, die erkrankte und infolgedessen notgeschlachtet werden mußte. Da er über gute Weiden und Futtermittel verfügte, war die Kuh fett. Er verteilte das Fleisch der Kuh an die unbemittelten Dorfbewohner umsonst. Das paßte aber den bessergestellten Leuten des Dorfes nicht, die ebenfalls gern ein Stück von der fetten Kuh gehabt hätten. Daraus nahm irgendein Schalk Anlaß, die Kuh des Pastors zu verherrlichen und den Neid der bessergestellten zu brandmarken«.[10]

Wer das Lied einmal gehört hatte, dem schien es für sein Dorf, seine Stadt wie maßgeschneidert. Besonders Erfahrungen und Erlebnisbereiche der Menschen im 19. Jahrhundert werden im Lied angesprochen. Die besungenen Personen mit ihren charakteristischen Eigenschaften, die mittels des Liedes gut karrikierbar waren, konnten überall ansässig sein. Viele Fassungen »Von Herrn Pasturn sien Kauh« tragen der (ungeschriebenen) Hierarchie in Dorf und Stadt Rechnung, indem Amtspersonen grundsätzlich die besten Stücke vorbehalten bleiben, während sich die Ärmsten mit minderwertigen Stücken begnügen müssen. Daneben werden geschichtliche Ereignisse, das Eindringen neuer Technik, das Aufkommen der Veterinärmedizin reflektiert; etliche Strophen zeugen vom Vergnügen am Derben, deftig Erotischen. Manches reimt sich nur um des Reimes willen wie

»Und auf dem Berliner Rummel
raucht Bismarck Zigarrenstummel . . .«.

Die Ausgangssituation des Liedes – der plötzliche Tod eines Tieres, Schlachten und Verteilen – hatte zu allen Zeiten genügend Gesprächsstoff geboten. Da in der Regel nur im Herbst geschlachtet wurde, mußte in der fleischarmen Zeit jedes zusätzliche Stück Fleisch hochwillkommen sein. Man kann sich heute schwer vorstellen, daß es in einem Ort wie beispielsweise Warnemünde aufgrund der Zunftverbote weder Bäcker noch Fleischer gab. Der Lokalhistoriker Friedrich Barnewitz berichtet: »Im Gasthause des Jakob Lang, II. Quartier Nr. 39 . . . in einem kleinen Stall, der ausgeweißt und mit Haken versehen war, fand der Verkauf heimlich statt. Dabei nahm er (der Fleischer; H. M.) Bestellungen für sein nächstes Kommen entgegen. Erst wenn alle Teile des noch lebenden Tieres verkauft waren, wurde das Tier geschlachtet. Eine Einigung mußte daher unter den Warnemünder Hausfrauen erzielt werden«.[11] Ob diese wohl immer friedlich verlief? Und ob die Verteilung des Pfingstochsen, der in den mecklenburgischen Kleinstädten zum Fest mit Girlanden, Schleifen und Zitronen geschmückt durch die Straßen zog, immer gerecht erfolgte? Während in Boizenburg der Schlachter das Fleisch des Pfingstochsen auf vorherige Bestellung verkaufte, wurde es in Bützow gleich nach dem Umzug verteilt.[12] Da kann man schon einige Strophen des Liedes – wie etwa die von den Weibern, die sich um den Steeert schlagen – nachempfinden! Auch wenn auf einigen Gütern in Mecklenburg der Statthalter das Fleisch einer Kuh nach der Ernte an die Erntearbeiter verloste – »De Oornbierskoh würd' oewer 't Dörp deilt«[13] – mag es dabei nicht ohne neidische Blicke abgegangen sein.

Der Inhalt des Liedes war also für fast jedermann nacherlebbar.

Der Besitz einer einzigen Kuh wurde für die Pastoren um die Mitte des 19. Jahrhunderts aktuell, als sie von der Eigenwirtschaft ihrer Pfarrhufe und damit von der Großviehhaltung abgingen. Der

Verlust einer Kuh bei einem Mann, der in den Augen der Dorfbevölkerung wenig von der Landwirtschaft zu verstehen schien[14] – »De Pasters un de Hunn' verdeinen ehr Geld mit'n Munn'«[15] – reizte natürlich zum Spott. Aufgrund ihrer Ausnahmestellung standen der Pastor und der Küster ohnehin im Mittelpunkt dörflichen Interesses. Jeder wahrnehmbare Gegensatz zwischen der betont herausgestellten Würde des geistlichen Amtes und den Handlungen der Amtsträger bot so leicht Anlaß zur Kritik und hat deshalb auch viele Generationen zu antiklerikalem Spott in literarischer Form gereizt. So waren Schwänke über Geistliche weit verbreitet und beliebt. Im folgenden Schwank sind Pastor und Küster gleichermaßen dem Spott ausgesetzt:

Ein Bauer lag ständig in Streit mit Pastor und Küster. Viel war er deshalb beim Amt, erhielt aber immer Unrecht. Da wurde er krank, und als er den Tod kommen sah, befahl er: »Fru, hal mi Paster un Köster!« – »Oewer dat sünd doch ümmer dien Feinde wäst!« – »Dau, wat ick di segg!« Es geschieht, und sie kommen. Da sagt er: »Von mir wird es heißen: ›Er starb zwischen zwei Übeltätern‹.« Und damit gab er seinen Geist auf.[16]

Wiederum der Widerspruch zwischen Wort und Tat eines Geistlichen in Warnemünde, des um 1870 amtierenden Avé Lallement, brachte die verärgerten Gemeindemitglieder auf die Idee, ein Spottlied auf ihn zu erdenken. Es soll Lallement oft hinterhergesungen worden sein. Die Warnemünder hatten ihrem Pastor vor allem übelgenommen, daß er die Sonntagsarbeiten der Fischer verbot und sich über ihren Verbrauch an Alkohol erregte, obwohl er diesem selber gerne zusprach – »Lallement hadd de Koembuddel in'n Talar!«[17] erzählten Gewährsleute Wossidlo. Und so heißt es denn auch in einer Strophe des Liedes:

»Wecker deit den Kanter nie wat tolcden?
Wecker deit sünndags de Arbeit verbeden?
Wecker deit so up de Kanzel dunnern
un sick oewer jed' Koembuddel wunnern?
De Pap, de Pap, de Pap!«[18]

Einige Faktoren mögen also für die Entstehung, Ausformung und Verbreitung des Liedes im 19. Jahrhundert begünstigend gewirkt haben. Sein Dichter ist nach unserer Auffassung in städtischen Kreisen zu suchen, die Idee allerdings, die Teile eines Tieres mit Personen in Verbindung zu bringen, ist bedeutend älter. So läßt sich eine Verwandtschaft unseres Liedes mit antiken »Tiertestamenten« nachweisen.[19] Eine direkte Verbindung scheint aber nicht gegeben, da in den antiken Testamenten die Tiere ihre Legate selbst bestimmten und verteilten Zudem dichtete man diese Testamente zwar auch in Versform, sie waren aber nicht zum Singen gedacht.

Das Testament eines Schweines soll um 400 unserer Zeitrechnung unter der römischen Jugend besonders beliebt gewesen sein.[20] Es beginnt damit, daß der Koch dem Schwein Corocotta den Tod ankündigt. Als der Küchenjunge schon das Messer wetzt, bittet das Schwein um eine Frist; es will sein Testament machen. Es bedenkt die nächsten Angehörigen mit Nahrungsmitteln, sein Vater erhält beispielsweise 30 Scheffel Eicheln. Es vermacht auch seine Körperteile und Eingeweide, dabei sinnigerweise die Borsten an den Schuster, die Öhrlein an taube Menschen, die Zunge an die Anwälte. Dabei spart es bei Geschenken nicht mit Anzüglichkeiten auf Leute mit Untugenden und körperlichen Gebrechen. – In einem anderen Testament, dem des Esels, macht der Erblasser sich ein Vergnügen daraus, die Kleriker zu verspotten, indem dort dem Kardinal testamentarisch Eselsohren überschrieben werden. Spott unter der Maske des Tieres anzubringen, scheint seit der Antike eine der Hauptfunktionen dieser Testamente gewesen zu sein, wie es auch ein Pferdetestament verdeutlicht, wo dem Schullehrer das Wiehern des Pferdes für seinen Chor zugedacht wird. Noch mehr fällt die Motivgemeinschaft zu unserem Lied in zwei Schweinetestamenten aus den Niederlanden auf,[21] die nach einem Druck von 1855 in Scheltemas Sammlung aufgenommen worden sind. In beiden erkrankten die Tiere plötzlich. Doktor, Barbier und Küster versuchen vergeblich zu helfen, die Tiere machen ihr Testament:

»De koster en de barrebier, –
die werden er gehaald,
om te klisteren dat gortig dier:
men gaf hem een purgatie;
die nam hij in met gratie;
hij deed alsof hij sliep, sliep, sliep;
hij deed alsof hij sliep!

De beer die maakt zijn testament –
en weet je wel aan wie?
Zijn kop was voor het Parlement;
zijn buik was voor de Papen;
hij sprak: »Dat zijn maar apen«,
de koster kreeg den staart, staart staart,
de koster kreeg den staart!«[22]

Das Tier stellt sich also hier nur tot. Es bestimmt mit hintergründigem Humor, ebenso wie bei den antiken Testamenten, seine Legate selbst.

Inhaltliche Parallelen zu unserem Lied lassen sich schließlich in den sogenannten »Nachbarreimen« aufzeigen. Diese entstanden besonders im 19. Jahrhundert als beliebte Form dörflicher und kleinstädtischer Reimkunst in vielen deutschen Landschaften.[23] In ihnen werden die Hausbesitzer eines Ortes in der Reihenfolge ihrer Grundstücke nach ihren Berufsgeschäften und nachbarlichen Beziehungen kurz aufgezählt und charakterisiert. Einem Fremden konnte damit ein mündlich vermittelter ›Ortsplan‹ in die Hand gegeben werden.

In Parchim hieß es von den Anwohnern einer Straße um 1870:

»Zimmermann is 'n goden Mann,
Bock, de wahnt dor nebenan,
Smidsch mit de dicken Waden,
Diederichs mit den Kalverbraden.
Kungert is 'n Nagelsmid,
Pingel hett 'n Hahnentritt,
Möller hat 'n grotes Mul,
Tarnow, de is bannig ful,
Lietz, de is 'n Struwerbuck
Bliffert geiht up hölt'n Krück.
Kaiser mit de Sensmaschin
Bockholt hat 'n groten Zylinn.
Glantz hat Hunger in 't Kaldun
Tets Madaus is ümmer duhn».[24]

Das Schlachten eines Tieres und dessen anschließende Verteilung bildete vielfach den ›literarischen‹ Hintergrund solcher Nachbarreime.

Parallelen zu unserem Lied ergeben sich unter anderem daraus, daß Teile des geschlachteten Tieres nicht vorher von selber, sondern durch Außenstehende verteilt werden. Sicherlich erfüllen diese Beispiele nicht die Regeln der Reimkunst. Der Autor des Liedes »Von Herrn Pasturn sien Kauh« wird nicht unter diesen Reimemachern zu finden sein. Die geographisch weit verbreitete Existenz der Nachbarreime belegt aber ebenfalls, daß das Verfahren, in Versformen Personen eines Ortes mit den Teilen eines geschlachteten Tieres in Verbindung zu bringen, in vielen Landschaften bekannt war und daß das Lied »Von Herrn Pasturn sien Kauh« nicht isoliert, sondern innerhalb einer ausgedehnten Tradition zu sehen ist.

Bis zur Mitte des 20. Jahrhunderts gehörte das Lied von der Pastorenkuh zu den Höhepunkten vieler Geselligkeiten. Auf Hochzeiten, Kindtaufen, Erntefesten, Fastnachtsfeiern wurde es angestimmt. Es konnte je nach der Zusammensetzung der Feiernden immer wieder durch neue Strophen aktualisiert werden. Seine Funktion als Stimmungslied, in dem Spott nicht übelgenommen werden durfte und auch nicht so ernst gemeint war, blieb erhalten. Dem feinen hintergründigen Humor, den doppeldeutigen Wortspielereien antiker und mittelalterlicher Tiertestamente begegnen wir dagegen kaum. Das Lied war in den ersten Jahrzehnten des 20. Jahrhunderts noch so beliebt, daß sogar der Nationalsozialismus versuchte, es für seine Ziele nutzbar zu machen. 1937 konnte man auf einem Bilderbogen des Winterhilfswerkes lesen: »Den Billerbagen kööpt, den niegen, / de Winterhülp sall ok wat kriegen von Herrn Pastor'n sin Koh«.[25]

»Dieses Lied wurde bei jeder größeren Feier gesungen, wenn die dazu nötige Köm- und Bierstimmung erreicht war«,[26] erinnert sich eine ehemalige Parchimerin. In Brunow bei Parchim erlebte sie im Herbst 1946 während eines Erntefestes folgendes: »Um Mitternacht gingen die Musiker zum Essen; es war also Tanzpause. Als die Tanzpause schon eine Weile anhielt, sang plötzlich irgend jemand: ›Kennt ji all dat niege Leed . . .‹ Schon nach drei Takten fielen die umsitzenden Männer und Frauen mit ein. Einige klopften den Takt auf der Tischplatte mit, andere bewegten Oberkörper und Kopf dem Takt nach vor- oder seitwärts. Das Lied breitete sich zur Tanzfläche hin aus, wurde weitergetragen von den Umsitzenden und überstimmte zeitweise die Volkslieder singenden Mädchen, die zu zweien untergehakt in der Runde gingen . . .«[27]

Seit den fünfziger Jahren nahm die Beliebtheit des Liedes allmählich ab. Die sozialökonomischen Verhältnisse in Dorf und Stadt hatten sich so grundlegend gewandelt, daß das Lied nicht mehr aktuell erschien. Pastor und Küster standen nicht mehr im Mittelpunkt der Aufmerksamkeit des Dorfes, andere Themen- und Personenkreise wurden eher Zielscheibe des Spottes. Die jetzt Fünfzig- und Sechzigjährigen erinnern sich zwar noch an etwa zehn bis 20 Strophen[28], doch werden die Anlässe und Gelegenheiten, sie zu singen, seltener. Als Stimmungs- und Gesellschaftslied wird es zuweilen für die Älteren oder von ihnen noch angestimmt. Über eine Betriebsfeier im April 1983 berichtet eine Rostockerin:

»Unter anderem, als die Stimmung schon ihren Höhepunkt erreicht hatte, kam ›Kennt ji all dat niege Leed, niege Leed, niege Leed, wat dat ganze Dörp all weet‹. Schlagartig hörte die Musik auf. Stille? Oh nein! Alle 200 Gäste setzten unverzüglich ein: Von Herrn Pastor'n sien Kauh! So ging es weiter mit etwa 12–15 Versen. . . . Ein Dank der netten Musikkapelle, es war eine junge Gruppe, die es verstand, sich uns älteren Gästen mit der Musik anzupassen«.[29]

Geläufig ist das Lied auch noch der jungen Generation. Eine Umfrage 1983 in den fünften, siebenten und neunten Klassen einiger Rostocker Schulen über die Kenntnis des Liedes ergab bei 608 Befragten 473, also etwa 80 % positive Antworten. Unter den Fünfzehn- und Sechzehnjährigen war das Lied meistens allen bekannt. Als Quelle gaben die Schüler an erster Stelle das Radio an, es folgten dann aber bereits Großeltern, Eltern, Verwandte, Feste. Somit kann man davon ausgehen, daß die mittlere und ältere Generation dieses Lied im Vergleich zu anderen noch relativ häufig singt. Das Lied wird also nach wie vor mündlich tradiert, es wird von den jüngeren Adressaten allerdings nicht mehr verstanden. Behalten hatten die Befragten nämlich in der Regel nur die Eingangsstrophe. Einige wußten noch Strophen von der Feuerwehr, der Dorfkapelle, dem Küster, der Englisch-Miss. Die Hauptbarriere bei der Tradierung lag hier eindeutig im Unvermögen der Kinder, plattdeutsch zu verstehen, weniger darin, daß in ihrer Lebenserfahrung die besungenen Personen und Ereignisse kaum eine Rolle spielten. Die Verständnislosigkeit dem Plattdeutschen gegenüber, die oftmals die Größeren übrigens zu überwinden suchen, kam besonders bei dem Versuch der Befragten zum Ausdruck, einzelne Strophen des Liedes aufzuschreiben. Dabei wurde aus »Sing man tau« vielfach »simmantau« oder »sing Mantau«; die Singaufforderung wurde zum Namen des Pastors – Pastor Sinkau – umfunktioniert. Einzelne Strophen versuchten die Schüler hochdeutsch zu notieren. So wandelte sich denn die Englisch-Miss in Inge Schmiß, und »die« olle Dörpkapell »denen platzt das Trommelfell«.

Eine Funktion des Liedes, Scherz und Spott anzubringen, der auch recht deftig ausfallen kann, schien den Jüngeren sehr bewußt zu sein, wie einige neue hochdeutsche Strophen verraten, die die Kinder aufschrieben:

»Die Feuerwehr, die ist 'ne Sau
bespritzt die Kinder mit Kakao . . .

Der König hat 'nen dicken Bauch,
da spiel'n die Mäuse Fußball drauf . . .

Die Königin hat ein' dicken Rock
darunter sitzt ein Ziegenbock . . .

Die Polizei kriegt einen Schreck,
schon wieder ist der Mörder weg . . .«[30]

Eine amüsante Kontamination, eine Vermischung verschiedener Strophen aus unterschiedlichen Liedern, schrieb ein Schüler auf:

»Kennt ihr all die Dorfgemeinde,
alle hab'n se krumme Beine
auch Herr Pastor Kabeljau«.[31]

Der »Kabeljau« stammt aus einer aktualisierten Weiterbildung unseres Liedes, das um 1970 durch die Singebewegung der FDJ populär wurde und von »Hiring, Aal und Kabeljau« zu singen weiß.[32] Während hier das Niederdeutsche noch zur Charakterisierung der Landschaft genutzt wurde, mußte es in weiteren Liedern nach dem Muster »Von Herrn Pasturn sien Kauh« bereits dem Hochdeutschen weichen. Geblieben sind das Frage- und Antwortspiel in der Anfangsstrophe, der Wechsel zwischen Vorsänger und Gruppe, die Funktion des Liedes und die Melodie. Von den über 30 bekannten Singweisen[33] hat sich hier in Mecklenburg als bevorzugte Melodie diejenige durchgesetzt, die in ihren Anfangstakten an das Kinderlied »Fuchs, du hast die Gans gestohlen . . .« erinnert. Inhaltlich lassen die neuen Strophen allerdings kaum noch ihr ehemaliges Vorbild erahnen.

Ist das jahrzehntelang so beliebte Scherzlied also wie das vielbesungene Tier ebenfalls zum Sterben verurteilt? Wir hoffen es nicht. Das kleine Büchlein mag manche Strophe wieder in Erinnerung rufen und über das Lesen auch wieder zum Singen anregen. Eine kleinere geistige Anstrengung kann dabei dem Interessierten nicht erspart werden: Die dritte Strophenzeile ist logisch anzuschließen, d. h., es ist zu überlegen, wo es beispielsweise »von«, »uns«, »den« Pasturn sien Kauh heißen muß. In der Regel wird es auch möglich sein, die aus unterschiedlichen Landschaften stammenden Strophen in die gewünschte Mundart umzudichten. Einen geeigneten Ort zum Lesen und Nachdenken über das Lied kann die Herausgeberin mit gutem Gewissen empfehlen: den Schlachtermarkt in Schwerin mit dem Brunnen »Von Herrn Pasturn sien Kauh«!

Anmerkungen

1. Wossidlo-Archiv B II 15
2. vgl. Tiesmeyer 1907, S. 104; Kohn 1917, S. 92; Wehrhan 1922, S. 39–42
3. Wehrhan 1922, S. 36 f.; Kuckei 1937, S. 59
4. James 1981, S. 14
5. Titelfigur in Franz Gieses: Frans Essink, sien Liäwen un Driewen äs aolt Mönstersk Kind. Münster 1874
6. Ebenda, S. 82. (Hier zitiert wird die 3. Auflage 1878)
7. Tardel 1928, S. 245
8. Tardel 1925, S. 106
9. MWB Band 4, Sp. 183
10. Wehrhan 1922, S. 38
11. Barnewitz 1925, S. 248 f.
12. Wossidlo-Archiv CVII02/9
13. Wossidlo-Archiv CVII 08
14. aber auch Ausnahmen, vgl. Bentzien 1980, S. 219
15. MWB Band 5, Sp. 331
16. Neumann 1963, S. 63
17. Wossidlo-Archiv ›Warnemünde‹ I
18. Müns 1981, S. 179
19. Tardel 1926, S. 72–84; Tardel 1927, S. 43–51
20. Tardel 1926, S. 74ff
21. Scheltema 1885, Nr. 114 und 115, S. 258ff
22. Ebenda, S. 260
23. Seelmann 1910, S. 65–74
24. Wossidlo-Archiv BIV 15
25. Meckl. Monatshefte 1937, Heft 13, S. 242
26. Mitteilung von Lisa Milbret an Hrsg.
27. Ebenda
28. Mitteilung an Hrsg. von Christa Bartels, Jg. 1925; Ilse Bernau, Jg. 1930; Hans-Heinrich Dittmer, Jg. 1929; Lisa Milbret, Jg. 1930; Gerda Witte, Jg. 1932; Renate Schiemann, Jg. 1930; Helmut Schikorra, Jg. 1930
29. Mitteilung von Ilse Bernau an Hrsg.
30. Mitteilung eines Schülers der 62. POS Rostock an Hrsg.
31. Ebenda
32. vgl. Strobach 1981, S. 116 f.
33. Wehrhan 1922, S. 92

QUELLEN- UND LITERATURVERZEICHNIS

Vorbemerkung:
Die Ziffern neben den Strophen im Textteil geben die gedruckten Quellen bzw. die handschriftlichen Aufzeichnungen aus Archiven an. Mit kleingedruckten Buchstaben sind die Strophen bezeichnet, die mir von Gewährsleuten mitgeteilt worden sind.

Zu den Fassungen aus den Landschaften, deren Schreibweise hier im wesentlichen beibehalten wurde, um die Eigenart und Besonderheit der jeweiligen Mundart nicht zu verwischen, gibt es über 30 Melodien. Daher wird erklärbar, daß der Strophenbau sich nicht grundsätzlich in die uns bekannte Melodiestruktur einordnen läßt.

Die Quellen

1 = Mecklenburgisches Volksliedarchiv, Rostock (Akademie der Wissenschaften der DDR)

2 = Wossidlo-Archiv, Rostock (Akademie der Wissenschaften der DDR)

3 = Deutsches Volksliedarchiv, Freiberg i. Br.

4 = Berliner Volksliedarchiv (Akademie der Wissenschaften der DDR, Zentralinstitut für Geschichte, Berlin)

5 = Pommersches Volksliedarchiv (Kopien im Berliner Volksliedarchiv)

6 = Andree, Richard: Braunschweiger Volkskunde. Braunschweig 1901. 2. Aufl., S. 479–481

7 = Holtmann, Max: Das Lambertusspiel zu Münster. In: Niedersachsen 6, 1900/01, S. 75

8 = Tiesmeyer, J. T.: Dat Leed van'n Pastor sine Koh. In: Niedersachsen 13, 1907/08, S. 104

9 = Wehrhan, Karl: Das niederdeutsche Volkslied »van Herrn Pastor siene Koh« nach seiner Entwicklung, Verbreitung, Form und Singweise. Leipzig 1922

10 = Tardel, Hermann: Das plattdeutsche Lied vom »Pastor sine Koh«. In: Niedersachsen 25, 1919/20, S. 38–43

11 = Bringemeier, Martha: Gemeinschaft und Volkslied. Ein Beitrag zur Dorfkultur des Münsterlandes. Münster 1931

12 = Deiter, H.: Von Pasters sine Kauh. In: Korrespondenzblatt des Vereins für niederdeutsche Sprachforschung 34, 1913, S. 34

13 = Blikslager, Georg: Das Lied »Van de Pastor sien Koh« in Ostfriesland. In: Niedersachsen 25, 1919, S. 122

14 = »Von uns' Pasturn sin Kauh«. In: Ostmecklenburgische Heimat 5, 1932, S. 61–63
15 = Meyer, Gustav Friedrich: Schleswig-Holsteinische Volkslieder mit Bildern und Weisen. Altona 1927
16 = Alpers, Paul: Hannoversche Volkslieder mit Bildern und Weisen. Frankfurt/M. 1927, S. 105
17 = Giese, Franz, und Hermann Landois: Frans Essink, sien Liäwen un Driewen äs aolt Mönstersk Kind. 3. Aufl., Münster 1878
18 = Tardel, Hermann: Niederdeutsche Volkslieder aus Schleswig-Holstein und den Hansestädten. Münster 1928
19 = Tardel, Hermann: Zum Lied vom Pastoren und seiner Kuh. In: Niederdeutsche Zeitschrift für Volkskunde 1928, S. 254
20 = Hessische Blätter 21, 1922, S. 60 f.
21 = Erk, Ludwig, und Franz Magnus Böhme: Deutscher Liederhort. Leipzig 1894, Band III, S. 51, Nr. 1114
22 = Ruhe, Hans, und Christian Tränckner: Schleswig-Holsteinisches Liederbuch. 3. Aufl., 1924 o. O.
a = Dittmer, Hans-Heinrich; Rostock
b = Milbret, Lisa; Rostock
c = Schiemann, Renate; Rostock
d = Leinweber, Gerd; Rostock
e = Hensel, Hanjo; Rostock
f = Müns, Heike; Rostock
g = Witte, Gerda; Rostock
h = Müller, Ingeborg; Rostock
i = Renz, Jochen; Rostock
j = Kurzmann, Helmut; Leezen
k = Stolpe, Wilhelm; Teterow
L = Müns, Wolfgang; Rostock
s = Rostocker Schulen

Außerdem benutzte Literatur:

Barnewitz, Friedrich: Geschichte des Hafenortes Warnemünde unter besonderer Berücksichtigung der Volks- und Bodenkunde. Rostock 1925

Bentzien, Ulrich: Bauernarbeit im Feudalismus. Landwirtschaftliche Arbeitsgeräte und -verfahren in Deutschland von der Mitte des ersten Jahrtausends u.Z. bis um 1800. Berlin 1980

Bolte, Johannes / Burchardi, G. / Kohn, Friedrich: Van Pastor sine Kauh. In: Korrespondenzblatt des Vereins für niederdeutsche Sprachforschung 1924, S. 8 f. und S. 32
James, Barbara: Lieder aus Vormärz und der 48er Revolution. In: Geschichte in Liedern (1815–1979). Kiel 1979
Jellinghaus, H.: Van Pastor sine Kauh. In: Korrespondenzblatt des Vereins für niederdeutsche Sprachforschung 35, 1915, S. 45
Kleibauer, Heinrich: Dat olle Platt. In: Mitteilungen aus dem Quickborn. Hamburg 1937, S. 69–71
Kohn, Friedrich: Van Pasters sine Kauh. In: Korrespondenzblatt des Vereins für niederdeutsche Sprachforschung 36, 1917, S. 92
Kuckei, Max: Die Dichter der »Fliegenden Blätter«. In: Mitteilungen aus dem Quickborn. Hamburg 1937, S. 56–59
Machatschek, Heinz: Unterhaltsame Wappenkunde. Berlin 1981
Mecklenburgisches Wörterbuch. Aus den Sammlungen Richard Wossidlos und aus den Ergänzungen und nach der Anlage Hermann Teucherts bearbeitet unter der Leitung von Jürgen Gundlach. Berlin und Neumünster 1942 ff.
Müns, Heike: Niederdeutsches Liederbuch. Volkstümliche Lieder aus fünf Jahrhunderten. Rostock 1981
Neumann, Siegfried: Volksschwänke aus Mecklenburg. Aus der Sammlung Richard Wossidlos. Berlin 1963
Seelmann, Wilhelm: Nachbarreime. In: Jahrbuch des Vereins für niederdeutsche Sprachforschung, 1910, S. 65–74
Scheltema, J. H.: Nederlandsche Liederen uit vroegeren Tijd. Leiden 1885
Strobach, Hermann: Deutsches Volkslied in Geschichte und Gegenwart. Berlin 1980
Tardel, Hermann: Die Testamentsidee als dichterisches Formmotiv. In: Niederdeutsche Zeitschrift für Volkskunde 4, 1926, S. 72–84; 1927, S. 43–51; S. 102–115
Wehrhan, Karl: Zu dem niederdeutschen Volksliede »van Herrn Pastor siene Koh«. In: Niederdeutsche Zeitschrift für Volkskunde. Bremen 1925, S. 105 ff.

WORTERKLÄRUNGEN

Al = Jauche
Achterveel = Achterviertel
Baden, Bade = Bote
Bälgentreder = bediente den Blasebalg beim Orgelspielen

Burenblagen = Bauernkinder
Dämphörn = Gerät, mit dem die Altarkerzen gelöscht wurden
Drühn (drühn) = drohen
fies = etwas als widerwärtig empfinden
Gatt = Abflußloch des Spülsteins
Goske = Gosse
Heeg = Hecke
Hessen = Hacken, Füße
Höker = Krämer
Jidder = Euter
Juffer = Jungfer
Kaben = Koben
Kärnemiälkswarmbeer = Buttermilchwarmbier
Kaldun = Eingeweide
Kaul = Kohl
Kiedde = Kette
Klaben = Klauen
Klaon = Klauen
kleide üöwer'n Hagen = kletterte über die Hecke
klompwies = haufenweise
Kullerine = Durchfall
löchten = leuchten
lüen = läuten
Möers = Mütter
Noat = Nuß
Päk = Pökelflüssigkeit
Panner = Verantwortlicher, der dafür zu sorgen hatte, daß kein Vieh über die Feldscheide kam;
Pärehoor = Pferdehaar
Plundermelk = dicke Milch
Röp = Raufe
Rühe = Rüde
Schmand = Rahm
Schüttenkappe = Schützenhut
Seemer = Ziemer
Sieje = Ziege
Slöttelgatt = Schlüsselloch
Ungel = Talg
unosel = sehr
ve'e = vier